Es un día especial.

Lía busca a Pilo.
Lleva una caja
con un lazo azul.

—¡Es tu cumpleaños, Bilo!

Cuando Bilo ve la caja se pone muy contento.

—¡Es una cometa!
¡Tiene una cola
con lacitos!

Pilo se ata la cinta
a la muñeca.

—¡Sube cometa!
¡Sube al cielo!

La cinta se suelta.

¡Zas!

¡La cometa se escapa!

—¡Lía, Lía, mi cometa...!
Mi cometa se va sola.

Lía consuela a Pilo.

—Pilo, el cielo es más bonito con tu cometa.

—¿Sí?

Pilo y Lía se sientan juntos.
Levantan la cabeza
y ven la cometa
cada vez más lejos.

Lía pone su mano
en la espalda de Pilo.
Él no se siente tan mal
con ella a su lado.

Lía está muy atareada. Está sentada terminando de poner el lazo azul a un gran paquete. Es que es un día muy especial.
Muy satisfecha va a buscar a su amigo Pilo.

Por fin se encuentra con el ciempiés. Lía se acerca corriendo.
—¡Feliz cumpleaños!

Cuando Pilo ve la caja se pone muy contento. ¡Es un regalo para él!

Pilo mueve sus patitas con rapidez. Está muy nervioso. Deshace el lazo y retira el papel. Sus ojos se abren de par en par.
—¡Es una cometa! ¡Y tiene una cola con lacitos de colores!

Los dos amigos buscan el lugar adecuado para probarla. Pilo sujeta con fuerza la cinta. La cometa comienza a elevarse.
—¡Sube cometa! ¡Sube al cielo! —grita Pilo entusiasmado.

Pero la cinta se escurre entre los dedos de Pilo. La cometa vuela y los dos amigos observan cómo se pierde en el cielo.
—¡Lía, Lía, mi cometa! ¡Mi cometa se va sola!

A Pilo se le saltan las lágrimas. ¡Ha perdido su regalo de cumpleaños!
Lía no sabe cómo consolarle. Entonces mira el azul del cielo, el amarillo intenso del sol y los colores brillantes de la cometa.
—Pilo, el cielo es más bonito con tu cometa —le dice.

Él se seca las lágrimas y mira hacia arriba.
—¿Tú crees Lía? —le pregunta.

Los dos se sientan muy juntos, levantan la cabeza y ven la cometa que cada vez está más lejos. Lía pasa su brazo por los hombros de su amigo y él comienza a sentirse mucho mejor.
—Sí, Lía. El cielo está más bonito con mi cometa.